교과서 속
세계 명작

행복한 왕자

교과서 속
세계 명작

1판 1쇄 2014년 5월 10일
1판 2쇄 2016년 6월 9일

원작 오스카 와일드
글 책글놀이
그림 하들마미

펴낸이 조영진
펴낸곳 고래가숨쉬는도서관
출판등록 제406-2012-000082호
주소 경기도 파주시 회동길 329(서패동) 2층
전화 031-955-9680   팩스 031-955-9682
이메일 goraebook@naver.com

ISBN 978-89-97165-70-4 64800
ISBN 978-89-97165-60-5 64800(세트)

KC 품명 : 도서 / 전화번호 : 031-955-9680 / 제조년월 : 2016년 6월
제조국명 : 대한민국 / 제조자명 : 고래가숨쉬는도서관
주소 : 경기도 파주시 회동길 329 2층 / 사용 연령 : 7세 이상

＊KC마크는 이 제품이 공통성안전기준에 적합하였음을 의미합니다.

⚠ 주의 아이들이 책을 모서리에 대지 않도록 주의해 주세요.

교과서 속 세계 명작

행복한 왕자

원작 오스카 와일드
글 책글놀이 그림 하들마마

고래가 숨쉬는
도서관

　책 읽는 것은 재밌는데 독후감 쓰기는 싫은 친구는 없나요? 분명 있을 거예요. 그런데 어른들은 책을 읽고 나면 꼭 느낌을 물어보고, 독후감 쓰기를 강요하지요. 왜 그러냐고요? 독서만큼이나 '쓰기'도 중요하거든요. 쓰기는 반드시 훈련이 필요하답니다. 아무리 책을 많이 읽어도, 말을 잘 해도, 쓰기 훈련이 되어 있지 않으면 마음먹은 대로 글을 쓸 수가 없어요. 이제부터 차근차근 독후감 쓰기 연습을 해 보아요.

■ 독서 전 활동 두근두근, 어떤 이야기가 펼쳐질까?

　예를 들어 오늘 읽을 책으로 '레 미제라블'을 고른다면 무슨 생각부터 할까요? '레 미제라블'이 도대체 무슨 뜻일까, 지은이는 누구일까, 어떤 이야기일까, 이것저것 궁금하지 않을까요? 그래요. 책 읽기는 이러한 궁금증부터 시작한답니다. 그런 뒤 다음의 활동들이 따라요.

- 책 제목과 표지 그림을 보고 어떤 이야기가 펼쳐질지 상상해 보아요.
- 책 표지와 뒤표지에 있는 글을 읽은 다음, 차례도 순서대로 읽어 보아요.
- 책을 펼쳐 그림만 쭉 보면서 책 내용을 상상해 보아요.

엄마 가이드 글을 잘 쓰기 위한 가장 중요한 비법은 무엇일까요? 막상 책을 덮고 글을 쓰려고 하면 아무런 생각도 나지 않은 경험이 있지요? 우리 어린이들도 마찬가지랍니다. 따라서 다양한 방법으로 독서 전에 흥미와 관심을 유발시켜 주세요. 과학책이나 역사책 등 지식 정보 책을 읽기 싫어하면 관심 있는 주제부터 먼저 읽도록 권해 주세요.

■ 독서 중 활동 재밌는 곳은 포스트잇을 빵빵!

　책을 읽다가 재미난 장면이나 감동 깊은 장면이 있다면 포스트잇을 빵 붙여요. 중요한 장면에도 포스트잇을 빵 붙여요. 한 번 읽었다고 해서 휙 던져 버릴 것이 아니라 이렇게 저렇게 훑어보고 이야기를 하다 보면 자연스럽게 느낀 점도 말하기 쉽고 글감도 형성된답니다.

- 재미있는 장면이나 중요한 장면이 나올 때마다 포스트잇을 붙여요.

- 두 번째 읽을 때는 포스트잇이 붙어 있는 부분만 골라서 내용을 엮어 보아요.
- 그중 인상 깊은 장면을 세 가지 정도 골라 보아요.
- 감동을 받거나 새롭게 알게 된 사실 등은 다른 색깔로 포스트잇을 붙여요.

■ 독서 후 활동 **다양한 활동으로 기억 남기기**

- 명장면을 따라 그려요.
- 순서대로 중요 장면을 몇 장면 정해서 그리거나 글로 써 보아요.
- 등장인물을 그림으로 그리고 소개해요(옷, 신분, 나이, 대사 등).
- 마음에 드는 구절을 옮겨 써 보고, 내 생각도 덧붙여 보아요.
- 주인공에게 위로의 편지를 써 보아요.
- 다른 사람에게 읽은 책을 추천하고 그 이유도 세 가지 정도 써 보아요.
- 마인드 맵으로 이야기의 소재나 주제를 소개해요.
- 상상력을 펼쳐 뒷이야기를 써 보아요.
- 주인공을 내 이름으로 바꿔 새로운 이야기를 엮어 보아요.
- 주인공이나 줄거리, 배경 등이 비슷한 책을 함께 소개해요.

■ 세계 명작을 읽으며 글쓰기 실력 쑥쑥 늘려요!

오랜 시간 동안 세계 여러 나라 사람들에게 사랑받아 온 세계 명작에는 시대와 나라를 뛰어넘는 인류의 보편적 가치관과 철학이 담겨 있어요. 우리 조상들의 지혜가 담겨 있는 우리고전과 마찬가지로 세계 명작을 통해 우리 어린이들은 어려움을 이겨 내는 용기와 서로 돕는 아름다운 마음씨, 다른 사람에 대한 배려와 예의 등을 자연스럽게 익힐 수 있지요. 세계 명작 속 등장인물이 되어 이야기를 따라가다 보면 읽는 즐거움은 물론 집중력과 상상력까지 길러 준답니다. 세계 명작의 줄거리를 파악하고, 그 안에 담긴 주제의식이나 우리와는 다른 여러 나라의 생활과 풍습, 문화 등에 대해 생각해 보고 독후감 쓰기를 하다 보면 글쓰기 실력도 쑥쑥 늘어날 거예요.

차례

행복한 왕자

행복한 왕자와 작은 제비

아주 옛날, 어느 도시의 커다란 광장 한가운데에 아름다운 동상이 서 있었어요. 동상은 온 도시를 내려다볼 정도로 높은 기둥 위에 우뚝 세워져 있었지요. 도시 사람들은 이 동상을 '행복한 왕자'의 동상이라고 불렀어요.

왕자의 동상은 찬란한 빛을 내는 황금으로 온몸이 뒤덮여 있었어요. 초록색 사파이어로 된 두 눈도 햇빛을 받아 반짝반짝 빛이 났어요. 옆구리에는 칼자루에 커다란 빨간색 루비가 박힌 날씬한 칼을 차고 있었어요.

넓은 광장 한가운데 우뚝 서 있는 행복한 왕자의 동상은 무척이나 아름다웠어요. 어찌나 아름다운지 동상 앞을 지나가는 사람들은 누구나 한 번씩 걸음을 멈추고 넋을 잃고 바라볼 정도였어요.

"저길 봐, 눈이 부셔서 똑바로 바라볼 수조차 없어."

"이 세상에 저렇게 아름다운 동상은 없을 거야!"

"나는 행복한 왕자를 보기만 해도 기분이 엄청 좋아지고 행복해져."

행복한 왕자를 올려다보며 사람들은 한결같이 칭찬을 늘어놓았어요.

다른 도시에서 물건을 팔러 온 상인들이나 세계 여러 나라를 떠돌아다니는 여행자들도 이 도시에 오면 반드시 광장에 들러 행복한 왕자의 동상을 보고 갔어요.

"행복한 왕자가 나에게 행운을 불어넣어 주면 좋겠어. 행복한 왕자를 보고 가니 이번 장삿길에서도 큰 이익이 있겠지?"

"이 도시까지 와서 행복한 왕자의 동상을 보지 않고 가는 건 큰 실례야. 행복한 왕자의 동상을 보지 않을 거면 무엇 하러 이 먼 곳까지 왔겠어?"

거드름을 피우는 시의원도 동상을 보고 한마디 했어요.

"왕자의 동상이 수탉 모양의 풍향계보다 멋진 것 같군."

시의원이 자신의 예술적 감각을 뽐내고 싶어서 한 말이었어요. 하지만 사람들이 겉멋만 들었다고 비난할까 봐 얼른 한마디를 덧붙였어요.

"그렇지만 풍향계만큼 쓸모가 있는 건 아니지."

시의원은 아름다운 것보다 쓸모 있는 것을 더 중요하게 생각하는 사람이었거든요.

이 도시에 사는 어머니들도 떼를 쓰는 아이들을 달랠 때면 재치 있게 이렇게 말하곤 했어요.

"애야, 너도 저기 있는 행복한 왕자처럼 되고 싶지 않니? 행복한 왕자는 어릴 때 떼 같은 건 쓰지 않았대! 커서 행복해지고 싶다면 떼쓰는 건 그만두렴."

마음이 우울하거나 슬픔에 빠진 사람들은 행복한 왕자의 동상을 보면서 위안을 받았어요.

"아, 행복한 왕자의 미소를 보니까 기운이 좀 나는구나! 우리도 행복한 왕자처럼 곧 행복해질 수 있을 거야."

하얀 놀이복을 입고 주황색 망토를 걸친 고아원 아이들도 성당에 다녀오는 길에 광장에서 행복한 왕자의 동상을 보고 말했어요.

"행복한 왕자님은 천사 같은 얼굴을 하고 있어."

그러자 동상을 보고 있던 수학 선생님이 냉정한 표정을 지으며 물었어요.

"너희가 천사의 얼굴을 아니? 한 번도 본 적이 없잖아."

그러자 아이들이 너도나도 자랑하듯 대답했어요.

"아니에요. 행복한 왕자님은 천사의 얼굴과 똑같아요. 우리가 꿈에서 봤는걸요."

"우리는 꿈에서 천사님과 만날 만날 재밌게 놀아요."

아이들의 천진한 대답에 수학 선생님은 이마를 찌푸렸어요. 아이들이 환상을 갖는 것을 바람직하지 않다고 여기기 때문이었어요. 하지만 아이들은 아랑곳하지 않고 두 손을 모아 기도를 했어요.

"행복한 왕자님, 오늘 밤도 우리 꿈에 나타나 즐겁게 놀아 주세요."

행복한 왕자의 모습을 화폭에 담는 화가도 있었어요. 계절에 따라 아름다운 빛을 발하는 행복한 왕자의 모습은 화가에게 많은 영감을 불러일으켰어요.

그러던 어느 날 밤, 작은 제비 한 마리가 이 도시 위를 지나가게 되었어요. 친구들은 6주 전에 벌써 따뜻한 이집트로 떠났는데 강가에 사는 아름다운 갈대 아가씨와 작별 인사를 하고 오느라고 혼자 뒤처져서 외롭게 쫓아가는 중이었지요.

작은 제비가 갈대 아가씨를 만난 건 어느 이른 봄날 아침이었어요. 작은 제비는 커다란 노란색 나비를 쫓아 강가를 날아다니다가 아름다운 갈대 아가씨를 만났어요. 바람에 갈대 아가씨가 날씬한 허리를 살랑살랑 흔드는 것을 보고 작은 제비는 첫눈에 반하고 말았어요.

솔직한 성격인 작은 제비는 갈대 아가씨의 머리 위를 빙빙 돌며 자기도 모르게 사랑을 고백했어요.

"갈대 아가씨, 당신을 사랑해도 될까요?"

갈대 아가씨는 부끄러운 듯 살짝 고개를 숙였어요. 갈대 아가씨가 허락한 것으로 여긴 작은 제비는 그날부터 갈대 아가씨 곁을 떠나지 않고 주위를 맴돌며 시간을 보냈어요.

작은 제비가 날개로 강물을 툭 건드려 은빛 물결을 일으키면 물보라 속에서 햇빛에 반짝거리는 무지개가 피어올랐어요. 이 무

지개는 작은 제비가 갈대 아가씨에게 보내는 사랑의 편지였어요.
그럴 때마다 갈대 아가씨는 발그레 얼굴을 붉히며 허리를 흔들었
지요. 그렇게 봄이 가고 여름이 지났어요.

　하지만 다른 제비 친구들은 작은 제비에게 충고를 아끼지 않

앉어요.

"작은 제비야, 저런 갈대 아가씨한테 반하다니 어리석구나. 봐, 돈 한 푼 없는 데다, 식구들도 줄줄이 딸려 있잖아. 갈대 아가씨와는 사랑에 빠지는 게 아니야."

그러고 보니, 강가에는 갈대 아가씨의 식구들이 빽빽하니 모여 작은 제비가 하는 모양을 곁눈질하고 있었어요. 하지만 누구 하나 작은 제비의 사랑을 응원해 주지는 않았지요.

쌀쌀한 바람이 부는 가을이 오자, 제비 친구들이 강가로 찾아와 작은 제비를 설득했어요.

"작은 제비야, 서둘러! 이제 따뜻한 이집트로 날아가야 할 시간이야."

하지만 작은 제비는 사랑하는 갈대 아가씨를 두고 혼자 떠날 수가 없었어요. 작은 제비는 갈대 아가씨에게 물었어요.

"갈대 아가씨, 나랑 같이 따뜻한 이집트로 떠나지 않겠어요?"

작은 제비는 갈대 아가씨가 자신을 사랑한다면 당연히 함께 떠나리라 생각했어요. 그런데 갈대 아가씨는 아무 말 없이 고개를 살랑살랑 저을 뿐이었어요. 그 모습을 지켜보던 제비 친구들은 답답해하며 말했어요.

“작은 제비야, 갈대 아가씨는 널 따라갈 마음이 없나 봐. 처음부터 널 사랑하지 않았던 게 틀림없어. 잘 보렴, 갈대 아가씨는 바람과 더 친하잖니.”

정말로 갈대 아가씨는 바람이 그 곁을 지날 때마다 가느다란 허리를 우아하게 돌리면서 정답게 인사를 나누었어요. 작은 제비는 질투도 나고 섭섭한 마음도 들었지만 갈대 아가씨를 향한 사랑을 멈출 수가 없었어요.

결국 제비 친구들은 작은 제비를 설득하는 것을 포기하고 이집트로 떠나 버렸어요. 작은 제비는 친구들이 모두 떠난 것을 알면서도 미련을 버리지 못하고 몇 주 동안 갈대 아가씨 곁을 맴돌며 설득을 했어요.

“갈대 아가씨, 당신은 이곳저곳 돌아다니는 걸 싫어하는 성격인 게 틀림없어요. 하지만 나는 여행을 좋아한답니다. 당신이 나와 떠나겠다고 결심하지 못하는 건 아마 이곳에 정이 들었기 때문일 거예요. 그렇지만 나를 사랑하지 않나요? 나를 사랑한다면 함께 이집트로 떠나요. 내 친구들은 벌써 이집트로 모두 날아가고 없어요. 지금도 많이 늦었답니다.”

하지만 바람에게 마음을 빼앗긴 갈대 아가씨는 여전히 살랑

살랑 고개를 저을 뿐이었어요. 친구들이 다 떠나 외롭기도 하고, 무심한 갈대 아가씨에게 싫증도 난 작은 제비는 섭섭한 마음에 버럭 화를 냈어요.

"갈대 아가씨, 당신은 나를 사랑하지 않는군요. 그동안 순진한 나를 놀린 것뿐이에요."

결국 작은 제비는 갈대 아가씨를 두고 이집트로 홀로 떠나기로 했어요.

"잘 있어요, 갈대 아가씨. 나는 이집트를 향해 떠나겠어요. 행복하길 빌게요."

작은 제비는 갈대 아가씨와 작별 인사를 나누고 하루 종일 쉬지 않고 날았어요. 산을 넘고 또 다른 강을 지나 마침내 이 도시의 하늘에 도착했을 때는 어둑어둑 날이 저물어 있었어요.

"오늘은 이 도시에서 자고 내일 새벽에 떠나야겠다. 어디에서 하룻밤을 머물까?"

작은 제비는 사방을 휘휘 둘러보았어요. 그때 도시의 광장 한가운데에 우뚝 서 있는 행복한 왕자의 동상이 보였어요.

"아, 저기 기둥 위가 좋겠다. 아름다운 도시 풍경이 한눈에 들어오겠는걸. 무엇보다 저 위에서라면 신선한 공기를 마음껏 들이마실 수 있겠어."

작은 제비는 행복한 왕자의 두 발 사이에 사뿐히 내려앉았어
요. 황금 옷을 입은 행복한 왕자는 달빛을 받아 반짝반짝 빛이
났어요.

"운이 좋은걸. 황금 침대에서 잠을 자게 되었어!"

작은 제비는 주위를 둘러보며 나지막하게 혼잣말을 했어요.
그러고는 검은 날갯죽지에 머리를 깊이 묻고 잠잘 준비를 했지
요. 오늘 하루는 정말 고단했어요. 갈대 아가씨와 슬픈 이별을
하고 하루 종일 먼 길을 날아왔으니까요. 작은 제비는 눈을 감
고 잠을 청했어요.

행복한 왕자의 눈물과 첫 번째 선행

작은 제비가 막 잠에 빠져들려는 순간이었어요. 갑자기 날개
위로 커다란 물방울이 '톡' 하고 떨어졌어요.

"앗, 차가워!"

깜짝 놀란 작은 제비는 눈을 뜨고 하늘을 올려다보았어요.

"정말 이상하네! 하늘에는 구름 한 점 없고 저렇게 초롱초롱 별들이 반짝이는데 빗방울이 떨어지다니! 북유럽의 날씨는 오락가락한다더니 정말 그런가 보네."

그때 또 한 방울이 '톡' 하고 떨어졌어요.

"앗, 차가워!"

작은 제비는 당장 다른 잠자리를 찾아보려고 날갯죽지에서 머리를 들었어요.

"비도 피할 수 없는데, 황금 침대면 뭘 해? 비가 내리는 날에는 비를 피할 수 있는 처마나 굴뚝이 제일이지."

하지만 작은 제비가 날개를 채 펴기도 전에 날갯죽지 위로 세 번째 물방울이 '톡' 하고 떨어졌어요.

작은 제비는 고개를 들어 다시 한 번 위를 올려다보았어요. 그리고 깜짝 놀랐지요. 행복한 왕자의 두 눈에 가득 고인 눈물이 황금 볼을 타고 흘러내리고 있었기 때문이에요. 날갯죽지 위로 톡톡 떨어진 것은 빗방울이 아니라 행복한 왕자의 눈물방울이었던 거예요. 달빛을 받은 왕자의 얼굴은 여전히 아름다웠지만 흘러내리는 눈물을 보니 왠지 가슴이 아팠어요.

"당신은 누구시죠?"

작은 제비가 궁금해하며 물었어요.

"나는 행복한 왕자란다."

행복한 왕자가 슬픔이 묻어나는 목소리로 대답했어요.

"행복한 왕자라면서 왜 슬피 울고 있어요? 보세요, 왕자님이 흘린 눈물 때문에 제 날개가 흠뻑 젖었잖아요."

작은 제비의 말에 행복한 왕자는 미안해하며 말했어요.

"작은 제비야, 미안하구나. 하지만 내 말 좀 들어 보렴. 나는 인간의 심장을 가지고 있을 때 눈물이 뭔지 몰랐단다. 내가 살던 성에는 높은 담장이 둘러쳐져 있고, 담장 안에는 늘 행복이 넘쳤으니까. 성 안으로는 감히 슬픔이 밀고 들어올 자리가 없었어. 나는 담장 밖에 어떤 세상이 펼쳐져 있는지 전혀 모르고 살았어. 낮에는 정원에서 친구들을 모두 불러서 즐겁게 놀고, 저녁마다 연회장에서 성대한 파티를 열었지. 행복하게 살다가 행복하게 죽은 셈이야. 그래서 사람들은 나를 '행복한 왕자'라고 불렀단다. 그런데 죽은 다음 동상으로 만들어져 이렇게 높은 기둥 위에 서 있으니까 이 도시의 온갖 슬픔이 다 보이는구나. 비록 내 심장은 납으로 만들어져 있지만 저들의 슬픔을 매일 보다 보니 이렇게 쉴 새 없이 눈물이 흐르는 거란다."

왕자의 말을 듣고 작은 제비는 속으로 깜짝 놀랐어요. 온몸이 금으로 된 행복한 왕자는 아무 근심이 없는 줄 알았는데, 그렇지 않다는 것을 알았거든요. 하지만 겉으로는 아무런 내색을 하지 않았어요. 예의 바르게 행동하고 싶었기 때문이지요.

달빛을 받은 행복한 왕자의 얼굴은 무척 슬퍼 보였어요. 작은 제비는 왕자가 불쌍했어요. 그래서 떠나려고 활짝 편 날개를 접고 왕자의 이야기에 귀를 기울였어요.

행복한 왕자는 조용히 말을 이어 나갔어요.

"저 멀리, 도시가 끝나 가는 골목길에 가난한 집 한 채가 서 있단다. 유리창을 반쯤 열어 놓았는데 그 유리창 안으로 여위고 피곤한 어머니가 보이는구나. 어머니의 손은 거칠고 상처투성이야. 재봉 일을 하니까 하루에도 몇 번씩 날카로운 바늘에 찔려서 상처가 생기는 거야. 지금은 여왕의 시녀가 궁궐 무도회에서 입을 아름다운 공단 드레스에 시계꽃 무늬를 수놓고 있단다. 방 한쪽 구석에 놓여 있는 침대에는 어린 아들이 앓아누워 있어. 높은 열 때문인지 아들은 시원한 귤을 먹고 싶어 해. 하지만 어머니가 줄 수 있는 거라고는 강에서 길어 온 물뿐이야. 어머니가 흰 수건을 물에 적셔서 아들의 불덩이 같은 열을 식혀 주는구나. 하

지만 아이는 계속 울고만 있어."

행복한 왕자는 제비에게 간절히 부탁했어요.

"제비야, 제비야, 작은 제비야. 내가 옆구리에 차고 있는 칼 좀 보렴. 칼자루에 빨간색 루비가 박혀 있지? 이 루비를 뽑아 저 가 없은 어머니에게 가져다줄 수 있겠니? 나는 발이 받침대에 단단히 붙어 있어서 움직일 수가 없어."

작은 제비는 깜짝 놀라서 대답했어요.

"안 돼요. 저는 오늘 밤은 푹 쉬고 내일 바로 이 도시를 떠나야 해요. 이집트에서 친구들이 저를 기다리고 있어요."

작은 제비는 갑자기 친구들이 그리워졌어요.

"제 친구들은 낮에는 따뜻한 나일 강을 따라 날아다니면서 활짝 핀 연꽃들과 정다운 이야기를 나눌 거예요. 그리고 밤이 되면 사막에 있는 위대한 임금님들의 무덤에서 잠을 청하죠. 임금님들은 향유를 바르시고 온몸에 아마포를 두른 미라가 되셨지요. 목에는 초록색 비취 목걸이를 걸고 있어요. 두 손은 시들어 버린 나뭇잎 같지만, 아름다운 그림이 그려진 관 속에 평온히 누워 계시답니다. 만약 오늘 밤 왕자님을 위해 일을 한다면 내일은 쉬어야 해요. 그럼 하루가 늦어지는 거잖아요."

행복한 왕자는 다시 한 번 작은 제비에게 부탁했어요.

"제비야, 제비야, 작은 제비야. 딱 하루만 내 옆에 머물면서 심부름을 해 줄 수 없겠니? 저 귀여운 사내아이가 정말로 목이 타는 모양이야. 그걸 보는 어머니는 얼마나 마음이 아프겠니?"

행복한 왕자의 부탁에 작은 제비는 시큰둥하게 대답했어요.

"저는 사내아이들을 좋아하지 않아요. 사내아이들은 걸핏하면 제비들에게 돌팔매질을 하니까요. 지난여름에도 강에서 방앗간 집 아이들이 저만 보면 돌팔매질을 했어요. 물론 한 번도 저를 맞히지 못했어요. 워낙 날째서 그 정도는 얼마든지 피할 수 있으니까요. 그래도 사내아이들이 우리를 얼마나 깔보는 줄은 알아요. 미안하지만 왕자님의 부탁은 들어주고 싶지 않아요."

작은 제비의 말에 행복한 왕자는 더 이상 말을 하지 않았지만 표정은 너무나 슬퍼 보였어요. 작은 제비는 그게 자기 탓인 것만 같아 갑자기 몹시 미안했어요. 결국 작은 제비는 행복한 왕자의 부탁을 들어주기로 마음먹었어요.

"딱 하루만 왕자님의 심부름을 해 드릴게요. 벌써 날씨가 추워졌지만 그래도 아직은 참을 만하니까요."

"고맙다, 작은 제비야."

행복한 왕자는 비로소 미소를 지으며 말했어요.

작은 제비는 칼자루에 박힌 커다란 루비를 뽑아서 입에 물고 하늘로 날아올랐어요. 하얀 대리석에 천사가 조각되어 있는 탑을 끼고 날아갈 때는 달님이 고개를 내밀어 세상을 환하게 비추어 주었어요.

궁궐 옆을 스쳐 지나갈 때는 여왕님의 시녀가 발코니에서 흥겨운 음악 소리에 맞추어 춤을 연습하는 게 보였어요. 시녀의 곁에는 사랑을 고백하는 멋진 남자가 있었어요.

"저기 저 별들을 좀 봐요. 우리의 사랑을 축복하는 것 같지 않나요?"

하지만 시녀는 남자의 고백에 귀를 기울이지 않았어요. 머릿속에는 온통 무도회에서 입을 새 드레스 걱정뿐이었어요.

"무도회가 열리는 날까지 새 드레스가 완성되지 않으면 큰일이에요. 드레스에 시계꽃을 수놓아 달라고 했는데, 재봉사가 너무 게을러서 영 마음이 놓이지를 않아요."

잠시 뒤 작은 제비는 도시를 가로지르는 강 위를 날아갔어요. 수많은 돛단배에 매달린 등불들이 마치 별빛처럼 반짝반짝거렸지요. 얼마 뒤에는 늙은 유대 인들의 머리 위를 지났어요. 유대

인들은 심각한 표정을 한 채 구리 저울로 물건의 무게를 재고 있었어요.

마침내 작은 제비는 도시가 끝나는 어두컴컴한 골목길에 외따로 떨어져 있는 가난한 집에 도착했어요.

"휴, 멀기도 하다. 이 집이 맞지?"

작은 제비가 반쯤 열려진 창으로 방 안을 들여다보자 침대에 누워 있는 어린 사내아이가 보였어요.

사내아이는 아직도 열이 떨어지지 않았는지 잠을 이루지 못한 채 몸을 뒤척이고 있었어요. 침대맡에서 간호를 하던 사내아이의 어머니는 피곤에 지쳤는지 벽에 기댄 채 깜빡 잠이 들어 있었지요.

"들키지 않게 살짝 놓고만 와야겠다."

작은 제비는 열린 창으로 날아 들어가 어머니가 만들고 있는 드레스 위에 커다란 루비를 살짝 떨어뜨렸어요. 그러고는 침대 곁으로 가까이 날아가 사내아이의 이마에 날개로 부채질을 해 주었어요.

"아, 시원해! 병이 나으려나 봐!"

사내아이는 미소를 지으며 금방 단잠에 빠져들었어요.

작은 제비는 행복한 왕자에게 돌아와 자신이 한 일을 자세히 들려주었어요. 그러면서 한마디를 덧붙였어요.

"왕자님, 그런데 참 이상해요. 날씨는 이렇게 추운데 제 몸은 오히려 따뜻해졌어요."

작은 제비의 말에 행복한 왕자는 미소를 지으면서 이렇게 말했어요.

"작은 제비야, 그건 네가 착한 일을 했기 때문이란다."

두 번째와 세 번째 선행

다음 날 아침이 되었어요. 작은 제비는 강으로 날아가 부리랑 날개를 깨끗이 씻었어요. 때마침 다리 위를 산책하던 조류학자가 작은 제비를 보고 놀란 목소리로 말했어요.

"와, 정말 놀라운 일이야! 이런 겨울에 아직도 제비가 남아 있다니."

조류학자는 그 놀라운 광경을 지방 신문사에 전하기 위해 서둘러 산책을 끝내고 공원을 빠져나갔어요. 그리고 그날 바로 신문사에 강가에서 본 제비에 대해 긴 편지를 써서 보냈어요. 신문에는 제비에 관한 기사가 크게 실렸지요. 신문을 읽은 사람들은 조류학자의 말을 이해하지는 못하고 그대로 따라서 말하고 다녔어요. 조류학자가 어려운 말들을 많이 써서 거의 이해하지 못했거든요.

"오늘 밤에는 꼭 이집트로 떠나야지."

작은 제비는 생각만 해도 기분이 좋아졌어요. 세수를 마치고 나서는 유명하다고 소문난 건축물들을 느긋하게 구경했어요. 햇볕이 따스하게 내리쬐는 낮에는 교회의 뾰족탑 꼭대기에 앉아 잠시 졸기도 했지요. 도시의 터줏대감 참새들은 오랜만에 만나는 낯선 손님을 반갑게 맞아 주었어요.

"못 보던 새네."

"잘생긴 새야!"

작은 제비는 어깨가 으쓱했어요.

날이 저물고 다시 달이 떠올랐어요. 작은 제비는 작별 인사를 하기 위해 행복한 왕자가 서 있는 광장으로 날아갔어요.

"왕자님, 저는 이제 이집트로 떠날 거예요. 가는 길에 뭔가 부탁하실 게 있나요? 하지만 이집트에 갔다가 내년에 돌아오는 길에나 가져다 드릴 수 있어요."

"제비야, 제비야, 작은 제비야. 이곳에 하룻밤만 더 있다가 가면 안 되겠니?"

작은 제비는 깜짝 놀라서 날개를 파닥거리면서 대답했어요.

"친구들이 이집트에서 저를 기다리고 있어요. 친구들은 내일쯤 나일 강을 따라 더욱 따뜻한 상류로 올라갈 거예요. 거기에는 큰 폭포가 두 개나 있고 폭포 사이에 큰고랭이가 우거진 숲이 있지요. 그 숲에는 화강암으로 만든 거대한 의자에 멤논 왕이 앉아 있어요. 멤논 왕은 밤새도록 별을 바라보다가 새벽에 샛별이 반짝이기 시작하면 딱 한 번 기쁨의 환호성을 터트리고 다시 긴 잠에 빠져든답니다. 한낮에는 황금빛 사자들이 물을 마시려고 폭포로 모여들어요. 사자들은 초록색 에메랄드 같은 눈을 반짝거리면서 폭포 소리보다 더 큰 소리로 울부짖지요."

행복한 왕자는 미안한 듯 작은 소리로 다시 부탁했어요.

"제비야, 제비야, 작은 제비야. 도시에서 얼마 떨어지지 않은 시골 마을에 작은 다락방이 있구나. 그 다락방에 젊은 청년이 고개를 푹 숙이고 책상에 앉아 있어. 책상 위에는 구겨진 종이가 사방에 흩어져 있고 꽃병에는 제비꽃 한 송이가 꽂혀 있는데 다시들어 버렸구나. 청년은 갈색 곱슬머리를 손으로 쓸어내리고 석류처럼 붉은 입술을 깨물면서 뭔가 깊은 생각에 잠겨 있어. 극장 연출자에게 갖다 줄 희곡을 쓰고 있는 중이야. 어서 끝마쳐야 하는데 너무 추워서 더 이상 쓸 수가 없나 봐. 난롯불은 벌써 꺼졌고 오랫동안 먹지 못해서 아무리 정신을 차리려고 해도 그럴 수가 없는 모양이야. 저 불쌍한 청년을 도와주고 싶구나."

"그럼 오늘 하룻밤만 더 이곳에 있을게요."

마음씨 착한 작은 제비가 말했어요.

"그 청년에게도 루비를 갖다 줄까요?"

"아쉽게도 내게 루비는 더 이상 없단다."

행복한 왕자가 슬퍼하며 말했어요.

"남아 있는 것은 내 두 눈뿐이야. 내 눈은 천 년 전에 인도에서 수입한 매우 값비싼 사파이어로 만들어졌단다. 그중 하나를 빼서 저 청년에게 갖다 주렴. 청년이 이 사파이어를 보석상에 가서 팔면 땔감과 양식을 살 수 있을 거야. 그러면 희곡을 마저 끝마칠 수 있을 거야."

"왕자님, 그렇게 할 수는 없어요."

제비는 울먹이며 고개를 흔들었어요. 하지만 행복한 왕자는 아랑곳하지 않고 제비를 설득했어요.

"제비야, 제비야, 작은 제비야. 제발 내 부탁을 들어줘. 비록 한쪽 눈을 빼낸다고 해도 다른 한쪽 눈이 남아 있잖니."

작은 제비는 왕자의 아름다운 초록색 눈을 더 이상 볼 수 없다는 사실에 마음이 쓰라렸어요. 하지만 어쩔 수 없이 초록색 사파이어 눈을 하나 뽑아 입에 물고 청년이 살고 있는 시골 마을로 날아갔어요.

청년이 사는 다락방 지붕에는 작은 구멍이 숭숭 뚫려 있어 들어가기가 쉬웠어요. 작은 제비는 구멍을 통해 다락방으로 쏙 들어갔지요.

청년은 얼굴을 두 손에 파묻고 있어서 작은 제비가 들어와 날개를 파닥거리는 소리조차 듣지 못했어요. 작은 제비는 시든 제비꽃 옆에 초록색 사파이어를 살짝 떨어뜨리고 나왔지요.

잠시 뒤 고개를 든 청년은 제비꽃 옆에 초록색 사파이어가 놓여 있는 것을 보고 깜짝 놀라 소리쳤어요.

"사파이어잖아? 이건 누군가 내 작품을 좋아하는 사람이 몰래 갖다 놓은 게 틀림없어. 아, 드디어 세상이 내 실력을 알아본 모양이야! 이제는 희곡을 끝마칠 수 있겠어."

청년의 얼굴은 무척 행복해 보였어요.

다음 날 작은 제비는 항구로 날아가 커다란 배의 돛대 위에 내려앉았어요.

선원들이 밧줄을 이용해서 무거운 궤짝들을 배에서 내리고 있었어요. 선원들은 궤짝을 들어 올릴 때마다 "영차! 영차!" 커다란 구령을 붙였어요.

선원들의 구령 소리에 맞추어 작은 제비도 자랑하듯 큰 소리로 외쳤어요.

"나도 드디어 이집트에 간다!"

하지만 작은 제비의 목소리는 선원들의 커다란 구령 소리에 파묻혀 버렸어요.

다시 달이 떠올랐어요. 작은 제비는 행복한 왕자에게 작별 인사를 하기 위해 날아갔어요.

"행복한 왕자님, 이제 정말로 헤어져야 할 시간이 되었어요! 저는 오늘 이집트로 갈 거예요."

작은 제비가 활기찬 목소리로 말했어요.

그러자 행복한 왕자가 다시 한 번 부탁을 했어요.

"제비야, 제비야, 작은 제비야. 미안하지만 나를 위해 하룻밤만 이곳에 더 있어 줄 수 없겠니?"

"안 돼요, 왕자님. 벌써 추운 겨울이 됐어요."

작은 제비가 소스라치게 놀라 부리를 떨면서 대답했어요.

"이제 곧 차디찬 눈이 내리겠죠. 이집트에 가면 푸른 야자나무 위에서 하루 종일 따뜻한 햇볕을 받을 텐데 말이에요. 악어들도 진흙 속에 몸을 파묻고 한가롭게 주위를 두리번거리고 있을 거예요. 친구들은 지금쯤 태양신을 모시는 신전 처마에 둥지를 틀고 있을 거고요. 분홍색 비둘기와 하얀색 비둘기들도 서로 사랑을 나누겠지요."

작은 제비는 한숨을 쉬며 말을 이어 갔어요.

"왕자님, 저는 이제 정말로 떠나야 해요. 하지만 절대로 왕자님을 잊지는 않을게요. 내년 봄에 돌아올 때는 왕자님이 사람들에게 나눠 준 보석보다 더 예쁜 보석을 가져다 드릴게요. 붉은 장미보다 더 붉은 루비랑 깊은 바다보다 더 푸른 사파이어를 말이에요."

그러나 행복한 왕자는 작은 제비의 말에 아무런 대꾸조차 하지 않았어요.

"저 아래 광장 한쪽에……"

행복한 왕자는 안타까운 목소리로 말했어요.

"아주 작고 어린 성냥팔이 소녀가 서 있구나. 그런데 어쩌다가 성냥을 몽땅 하수구에 빠뜨려 버렸나 봐. 그래서 성냥을 하나도 못 쓰게 되었지. 집에 돌아갈 때 성냥 판 돈을 가져가지 않으면 아버지한테 매를 맞는 모양이야. 그러니 겁이 나서 저렇게 서럽게 울고 있지. 신발은커녕 양말조차 신고 있지 않아. 작은 어깨에는 숄 하나 걸치지도 못하고 바들바들 떨고 있구나. 작은 제비야, 내 눈에 남아 있는 사파이어를 마저 빼다가 저 아이에게 갖다 줄 수 있겠니? 사파이어를 가져가면 더 이상 아버지한테 매를 맞지 않아도 될 거야."

행복한 왕자의 부탁에 작은 제비는 한숨을 푹 내쉬었어요.

"왕자님, 오늘 하루만 더 있을게요. 하지만 하나밖에 남아 있지 않은 눈을 뽑을 수는 없어요. 만약 눈을 뽑으면 왕자님은 다시는 앞을 볼 수 없을 거예요."

그러나 행복한 왕자는 뜻을 굽히지 않았어요.

"제비야, 제비야, 작은 제비야. 제발 내 부탁을 들어주렴. 너 말고 누가 내 부탁을 들어주겠니?"

어쩔 수 없이 작은 제비는 행복한 왕자의 남은 한쪽 눈에서 사파이어를 뽑아 물고 아래쪽으로 날아갔어요. 그리고 화살처럼 빠르게 성냥팔이 소녀 옆을 휙 날아 지나가면서 손바닥 위에 사파이어를 살짝 떨어뜨렸어요.

성냥팔이 소녀는 깜짝 놀라 소리쳤어요.

"어머, 예쁜 보석이잖아? 하느님이 주신 건가?"

성냥팔이 소녀는 기쁜 표정을 지으면서 집으로 달려갔어요.

작은 제비는 행복한 왕자에게 돌아와 말했어요.

"왕자님, 성냥팔이 소녀가 기뻐하며 집으로 돌아갔어요. 성냥팔이 소녀는 이제 아버지에게 매를 맞지 않을 거예요. 하지만 왕자님은 이제 영영 앞을 볼 수가 없게 되었어요. 불쌍한 왕자님, 이제부터는 제가 늘 곁에 있어 드릴게요."

"작은 제비야, 그건 안 돼. 너는 무슨 일이 있어도 이집트로 가야만 해. 그곳에 가면 언 몸을 녹여 줄 수 있는 따뜻한 햇볕이 있고, 하루 종일 놀아도 지겹지 않은 유쾌한 친구들도 많잖니. 그동안 너는 나를 위해 충분히 많은 일을 해 주었어. 나는 지금도 너에게 매우 고마워하고 있단다."

행복한 왕자가 말했어요.

"아니에요, 왕자님. 저는 여기 남아 있겠어요. 차마 왕자님을

두고 갈 수는 없어요."

제비는 이렇게 말하고 행복한 왕자의 발치에 내려앉아 잠이
들었어요.

놀라운 이야기들

그다음 날부터 작은 제비는 하루 종일 행복한 왕자의 어깨 위
에 앉아서 함께 시간을 보냈어요. 작은 제비는 행복한 왕자에게
먼 나라를 여행하면서 보고 들은 놀라운 이야기들을 들려주었
어요.

"왕자님, 나일 강가에 일렬로 늘어서서 새빨간 부리로 황금빛
물고기를 잡아먹는 홍학에 대한 이야기를 들려 드릴까요? 이 세
상이 만들어질 때부터 사막에 살면서 세상일에 대해서는 모르는
것이 없는 스핑크스에 대한 이야기도 아주 흥미롭답니다."

작은 제비는 쉴 새 없이 수다를 떨었어요.

낙타와 함께 천천히 사막을 여행하면서 호박 구슬로 점을 치
는 상인들에 대한 이야기, 피부가 흑단처럼 검은 투르크 제국의

왕에 대한 이야기도 들려주었어요. 투르크 왕은 수정 구슬을 신으로 받든다는 사실도 빠뜨리지 않았지요. 또 야자나무 아래에 똬리를 틀고 있는 커다란 초록색 뱀 이야기도 들려주었어요. 놀랍게도 그 뱀은 스무 명의 수행자들이 꿀을 먹여서 키운다고 했어요. 두껍고 커다란 나뭇잎을 타고 넓은 호수를 건너는 피그미 족들이 나비들과 전쟁을 벌이는 이야기도 무척 흥미로웠지요.

행복한 왕자는 미소를 머금고 작은 제비의 이야기에 귀를 기울였어요.

"제비야, 제비야, 작은 제비야. 네가 들려주는 이야기는 정말 놀랍고 흥미롭구나. 철마다 따뜻한 곳을 찾아 이곳저곳 옮겨 다니다 보면 그처럼 놀라운 이야기들이 한 보따리일 거야. 그렇지만 작은 제비야, 나에게는 가난한 사람들이 받는 고통과 그들의 마음에 가득한 슬픈 사연보다 놀라운 이야기는 없단다."

행복한 왕자는 작은 제비에게 진지한 표정으로 말했어요.

"제비야, 제비야, 작은 제비야. 이 도시를 날아다니면서 네가 보고 들은 이야기를 전해 주겠니? 내게 초록색 사파이어 눈이 있을 때는 이 높은 기둥 위에서 도시의 모습을 구석구석 직접 살필 수 있었지만, 지금은 아무것도 보이지 않아. 누가 아프고, 누가 슬픈지, 누가 굶는지, 누가 조롱당하는지 전혀 볼 수가 없어. 그러니 힘찬 날개와 밝은 눈이 있는 네가 도시 위를 날아다니면서 보고 들은 이야기를 내게 전해 주렴.”

그래서 작은 제비는 드넓은 도시의 하늘 위를 날아다니면서 사람들이 사는 모습을 지켜보았어요.

휘황찬란하게 꾸민 어떤 부잣집 문밖에서 거지들이 추위에 떨면서 구걸하는 모습이 작은 제비의 눈에 들어왔어요.

그곳에서 조금 떨어진 어두운 골목길에서는 며칠 동안 굶주려서 얼굴이 누렇게 뜬 어린아이 둘이 캄캄한 거리를 바라보고 있었어요.

두 아이는 조금이라도 몸을 따뜻하게 하려고 서로 꼭 끌어안고 누워 있었어요. 배 속에서는 꼬르륵 소리가 쉴 새 없이 들렸지요. 두 아이는 한시라도 빨리 잠들기를 기다렸어요. 그래야 배고픔을 잊을 수 있으니까요.

그때 한 아이가 기어이 참지 못하고 작은 목소리로 말했어요.

“배가 고파!”

그 순간 경찰이 지나가다가 골목 안에 누워 있는 아이들을 보고 호루라기를 불어 댔어요.

"너희들 여기에서 누워 자면 안 되는 거 모르니? 당장 일어나서 다른 데로 가라!"

아이들은 골목에서조차 쫓겨나 갑자기 내리기 시작한 비를 맞고 밤새 돌아다녀야 했어요.

작은 제비는 행복한 왕자에게 돌아와서 자기가 보고 들은 광경을 전해 주었어요.

"왕자님, 온 집 안에 환하게 불을 밝힌 부잣집을 보았어요. 문밖에서는 추위에 떠는 거지들이 처량하게 구걸을 하고 있었지만, 부잣집 대문은 한 번도 열리지 않았어요. 차가운 골목에서 서로 꼭 끌어안고 누워 있는 어린아이들도 보았어요. 얼마나 굶었는지 꼬르륵거리는 소리가 제 귀에도 들리지 뭐예요. 그런데 매정한 경찰이 호루라기를 불어 그나마 바람을 피할 수 있는 골목에서 두 아이를 내쫓았어요."

"제비야, 제비야, 작은 제비야. 정말 슬픈 이야기구나. 저들을 당장 도와줘야겠어. 보다시피 내 몸은 황금으로 뒤덮여 있단다. 네가 그걸 한 겹 한 겹 벗겨 내서 가난하고 불쌍한 저 사람들에게 나눠 주렴. 사람들은 금이 있으면 행복해진다고 믿는단다. 금을 팔아 주린 배도 채울 수 있지."

작은 제비는 행복한 왕자의 몸에 덮여 있는 금을 한 겹씩 살살 벗겨서 가난한 사람들에게 나누어 주었어요. 금빛으로 빛나던 행복한 왕자의 몸은 점점 보기 흉한 잿빛으로 변해 갔어요. 그러나 금을 받은 거지들은 덩실덩실 춤을 추며 행복해했고, 거리를 헤매던 두 아이의 얼굴에는 생기가 피어났어요.

"이제 우리도 먹을 음식을 살 수 있어!"

아이들의 맑은 웃음소리가 도시의 골목길에 크게 울려 퍼졌어요.

제비의 죽음과 떨어진 납 심장

차가운 서리가 내리기 시작하더니 얼마 지나지 않아 하얀 눈이 펑펑 내렸어요. 도시의 모든 도로는 은빛 융단을 깔아 놓은 듯 차갑게 얼어붙었고, 나무 위며 지붕 위며 하얀 눈으로 뒤덮여 환하게 빛이 났어요. 처마에는 거꾸로 매달아 놓은 칼처럼 뾰족뾰족한 고드름이 반짝거렸어요.

"아, 춥다, 추워! 이번 겨울은 유난히 추운 것 같아."

사람들은 두꺼운 털가죽 외투를 입었는데도 어찌나 추운지 몸을 움츠리고 걸어 다녔어요. 어린아이들은 주황색 털모자를 쓰고 스케이트를 타야 했어요.

기온은 더 내려갔고 매서운 찬바람도 불어 댔어요. 작은 제비는 온몸이 얼어붙어 더 이상 견딜 수가 없었지요. 그래도 행복한 왕자의 곁을 떠나지는 않았어요. 빛나던 황금 옷이 다 벗겨진 데다, 초록색 사파이어 눈도 뽑혀 빛을 잃었지만 작은 제비의 눈에 행복한 왕자의 모습은 가장 아름답고 빛이 났어요. 어느덧 작은 제비는 행복한 왕자를 진심으로 사랑하게 된 거예요.

작은 제비는 행복한 왕자의 부탁을 들어주느라 따뜻한 이집트로 날아가지 못한 것을 한 번도 후회하지 않았어요. 도시를 가로지르는 강물이 꽁꽁 얼어붙어 깃을 씻을 수도 없었고, 배를 든든히 채워 줄 먹이도 몇날 며칠 찾을 수 없었지만, 왕자에 대한 사랑으로 인해 그런 것들도 얼마든지 참아 낼 수 있었지요.

작은 제비는 빵집 주인이 한눈을 팔고 있는 사이에 문밖에 떨어진 빵 부스러기를 몰래 주워 먹었어요. 그리고 날개를 파닥거려서 조금이나마 몸을 따뜻하게 해 보려고 애를 썼어요. 하지만 날씨는 점점 더 매서워질 뿐이었어요.

작은 제비는 자신이 곧 죽게 되리라는 것을 알았어요.

"아, 나는 이제 따뜻한 봄을 맞을 수는 없을 거야. 이집트에 간 친구들이 가져오는 소식도 듣지 못할 테지. 하지만 괜찮아. 왕자님 곁에서 마음만은 따뜻하고 행복했으니까."

작은 제비는 남아 있는 힘을 모두 끌어모아서 행복한 왕자의 어깨 위로 날아올라 갔어요.

제비는 힘없는 목소리로 왕자에게 작별 인사를 건넸어요.

"행복한 왕자님, 안녕히 계세요. 마지막으로 왕자님의 손에 입을 맞추어도 될까요?"

행복한 왕자가 반갑게 말했어요.

"제비야, 제비야, 작은 제비야. 이제 드디어 이집트로 가려고 하는구나. 난 기꺼이 널 보내 줄 거야. 넌 여기 너무 오랫동안 있었으니까. 내 입술에 입을 맞춰도 돼. 나도 널 사랑하니까."

"행복한 왕자님, 제가 지금 가는 곳은 이집트가 아니에요. 저는 죽음의 나라로 가는 거랍니다. 하지만 왕자님, 너무 슬퍼하지는 마세요. 죽는다는 것은 잠든다는 것과 별로 다르지 않을 테니까요."

작은 제비는 행복한 왕자의 입술에 입을 맞추고 왕자의 두 발

사이에 '툭' 하고 떨어졌어요. 작은 제비는 더 이상 움직이지 않았답니다. 그대로 숨을 거둔 것이었어요.

바로 그 순간, 행복한 왕자의 가슴속에서도 '쩍' 하고 금이 가는 소리가 들렸어요. 무언가가 깨지는 듯한 소리였어요. 그것은 바로 납으로 만들어진 심장이 두 조각으로 갈라지는 소리였지요. 그날은 정말 무섭도록 추운 날이었어요.

다음 날 아침 일찍, 시장이 시의원들과 함께 광장을 걸어가고 있었어요. 시장은 행복한 왕자의 동상 밑을 지나가다가 위를 올려다보고는 깜짝 놀랐어요.

"아니 저런! 행복한 왕자 동상이 어쩌다가 저런 흉한 꼴이 되어 버렸담!"

시장의 말이라면 무조건 찬성하고 아부하기 바쁜 시의원들이 따라서 소리쳤어요.

"어쩌다가 저렇게 흉한 꼴이 되어 버렸담!"

시장과 시의원들은 행복한 왕자를 더 잘 볼 수 있도록 멀리 떨어져서 하나하나 살펴보았어요.

"칼자루에 박혀 있던 빨간 루비도 빠지고, 두 눈에 박혀 있던 초록색 사파이어도 누군가가 파내 갔군요. 게다가 금박도 다 벗겨지고 말았어요.”

“이러고 보니까 행복한 왕자 동상이 아니라 완전히 거지 동상이군!”

시장의 말에 시의원들이 똑같이 따라서 외쳤어요.

“그러게요. 거지와 다를 게 없네요!”

작은 제비의 시신을 가장 먼저 발견한 것도 시장이었어요. 시장은 못 볼 것이라도 본 것처럼 코를 움켜쥐고 소리쳤어요.

“저길 좀 봐! 동상의 발치에 새 한 마리가 떨어져 죽어 있잖아. 당장이라도 새가 이런 데서 죽어서는 안 된다는 법령을 만들어서 공표해야겠어!”

시의회의 서기가 얼른 그 말을 받아서 종이에 적었어요.

그날 하루 동안 도시에 사는 대부분의 사람들이 행복한 왕자의 동상을 보았어요.

“세상에! 더 이상 행복한 왕자의 동상은 우리 도시의 자랑거리가 아니야.”

“그렇지. 저런 흉물이 우리 도시에 있다는 것 자체가 큰 수치야. 당장이라도 철거해야 해.”

“이제 아무도 저 동상을 보고 행복한 마음이 들지 않을 거야.

오히려 불쾌한 기분만 들걸."

간혹 행복한 왕자의 모습을 보고 안타까워하는 사람들도 있었어요. 또 간혹 지나간 추억을 더듬는 사람들도 있었어요. 하지만 당장이라도 동상을 철거해야 한다는 데는 모두 한마음이 되었어요.

대학에서 미술을 가르치고 있는 교수는 잿빛으로 변한 동상을 보고 점잖게 의견을 말했어요.

"동상이 아름다움을 잃어버렸으니 더 이상 쓸모가 있다고는 할 수 없지요."

하루가 멀다 하고 행복한 왕자를 찬양하던 도시 사람들의 마음이 싸늘하게 식은 것은 두말할 것도 없지요.

결국 행복한 왕자의 동상은 철거될 수밖에 없었어요. 높은 기둥 위에서 끌어 내려진 행복한 왕자의 동상은 용광로 속으로 들어갔어요.

시장은 위원회를 열어 행복한 왕자의 동상을 녹여서 다시 무엇을 만들 것인지 의논했어요. 시장은 시의원들이 찬성하리라고 생각하고 큰 소리로 제안을 했어요.

"광장 기둥 위에 새로운 동상을 하나 세웁시다. 이번에는 시장인 내 동상을 세우는 게 어떻소? 기왕이면 행복한 왕자보다 아름답게 만드는 게 좋겠지."

그러나 시의원들이 이번에는 시장의 말을 앵무새처럼 따라 하지 않았어요.

"아니요, 우리 도시를 위해 저보다 많은 일을 한 사람이 있습니까? 시장님 동상보다는 제 동상을 세우고 싶습니다."

"그건 안 됩니다. 도시를 대표하는 동상이라면 최고로 아름다워야 합니다. 시장님이나 다른 시의원님들보다는 제 외모가 가장 멋지니 제 동상을 세워 주십시오."

시장과 시의원들은 서로 자신의 동상을 세우고 싶다고 싸우기 시작했어요. 소문에 의하면 그 도시의 시장과 시의원들은 아직까지 의견을 좁히지 못하고 계속 싸우고 있다고 해요.

한편 용광로에서 행복한 왕자의 동상을 녹이던 주물 공장 공장장은 고개를 갸웃거렸어요.

"거참, 이상하네. 두 동강 난 납 심장이 용광로에서도 녹지 않고 그대로 나오다니! 이를 어쩐다……. 에잇, 그냥 내다 버리는 게 낫겠군."

주물 공장 일꾼들은 행복한 왕자의 납 심장을 작은 제비의 주

검이 버려진 쓰레기 더미 위로 휙 던졌어요.

어느 날 하느님이 천사를 불러 명령을 내렸어요.

"저 도시에 내려가서 가장 고귀한 것 두 가지만 가져오너라."

땅으로 내려온 천사는 도시에 도착하자마자 쓰레기 더미 위에
아무렇게나 버려져 있는 두 조각 난 납 심장과 죽은 제비를 찾아
하느님에게 가져갔어요.

하느님은 천사가 바친 납 심장과 죽은 제비를 보고 흐뭇하게 웃으며 말했어요.

"천사야, 잘 찾아왔구나. 이 작은 새는 천국의 정원에서 즐거운 노래를 부르며 영원히 살 것이다. 또 행복한 왕자는 황금으로 만들어진 이 나라에서 영원히 나를 찬양하며 살아가게 될 것이다."

그렇게 해서 행복한 왕자와 작은 제비는 아름다운 하늘나라에서 영원히 행복하게 살게 되었답니다.

부록

독후 활동

- 내용 확인하기

- 생각 나누기

- 신 나게 활동하기

- 생생 독후감

엄마와 함께하는 독후 활동

내용 확인하기

1. '행복한 왕자'의 동상은 어떻게 생겼나요?

> **예시** 행복한 왕자는 온몸이 찬란한 황금으로 뒤덮여 있었고, 초록색 사파이어로 된 아름다운 눈을 가지고 있었다. 옆구리에는 칼자루에 붉은색 루비가 박힌 멋진 칼을 차고 있었다.

2. 마음이 우울하거나 슬픔에 빠진 사람들은 행복한 왕자의 동상을 보면서 왜 위안을 받았나요?

> **예시** 자신들도 행복한 왕자처럼 언젠가는 행복해질 수 있을 것이라고 믿었기 때문이다.

3. 고아원 아이들이 행복한 왕자의 얼굴을 한 천사를 꿈속에서 보았다는 말에 수학 선생님은 왜 이마를 찌푸렸나요?

> **예시** 아이들이 쓸데없는 환상을 갖는 것을 바람직하지 않다고 여겼기 때문이다.

4. 친구들이 따뜻한 이집트로 모두 떠날 때까지 작은 제비는 왜 강가에 남아 있었나요?

> **예시** 작은 제비는 강가에 사는 아름다운 갈대 아가씨와 사랑에 빠져서 친구들과 함께 이집트로 떠나지 못했다.

5. 작은 제비가 행복한 왕자의 두 발 사이에 내려앉아 막 잠에 빠져들려는 순간 무슨 일이 일어났나요?

> **예시** 차가운 물방울이 작은 제비의 날갯죽지에 '툭' 하고 떨어졌다. 알고 보니 이 차가운 물방울은 행복한 왕자의 볼을 타고 흘러내리는 눈물이었다.

6. 행복한 왕자는 왜 눈물을 흘리고 있었나요?

> **예시** 행복한 왕자는 죽은 다음 동상으로 만들어져 높은 기둥 위에 서 있자 도시의 슬픔을 한눈에 다 볼 수 있게 됐다. 가난하고 힘없는 사람들의 슬픔을 매일 보다 보니 쉴 새 없이 눈물이 흐른 것이다.

7. 제비는 행복한 왕자의 옆구리에 찬 칼자루에 박힌 붉은 루비를 누구에게 가져다주었나요?

예시 재봉일을 하며 힘들게 살아가는 가난한 어머니와 병든 아들에게 가져다주었다.

8. 행복한 왕자는 자신의 눈에 박힌 사파이어를 누구에게 갖다 주라고 했나요?

예시 추위와 굶주림 때문에 극장 연출자에게 가져다줄 희곡을 끝마치지 못하고 있는 청년에게 갖다 주라고 했다.

9. 광장에서 성냥팔이 소녀는 왜 슬피 울고 있었나요?

예시 성냥팔이 소녀는 성냥을 하수구에 몽땅 빠뜨려 못 팔게 되었다. 만약 성냥 판 돈을 가져가지 못하면 아버지에게 매를 맞기 때문에 겁이 나서 슬피 울었다.

10. 행복한 왕자는 사람들에게 나누어 줄 보석이 하나도 없자 무엇을 주었나요?

예시 온몸을 뒤덮고 있는 금을 살살 벗겨 내 가난한 사람들에게 나누어 주었다.

11. 어느 날 하느님이 천사를 불러서 도시에 내려가서 가장 고귀한 것 두 가지를 가져오라고 명령을 내렸어요. 천사는 무엇을 가져갔나요?

예시 행복한 왕자의 두 조각 난 납 심장과 죽은 제비의 몸을 가져갔다.

1. 행복한 왕자의 동상이 세워져 있던 곳에 시장과 시의원들은 서로
   자기의 동상을 세우겠다고 옥신각신했어요. 기둥 위에 어떤 동상을
   세우면 좋을지 자신의 의견을 적어 보세요.

---

2. 금박이 벗겨지고 잿빛으로 변한 동상을 철거하려는 사람들에게 행
   복한 왕자가 얼마나 아름다운 선행을 했는지 들려주세요.

---

3. 제비는 온몸이 꽁꽁 얼 정도로 추운 날씨에도 행복한 왕자의 부탁
을 들어주기 위해 도시에 남았어요. 제비에게 본받을 점은 무엇인
지 생각해 보세요.

4. 높은 담이 둘러쳐 있는 성 안에서 즐겁게 지내는 행복한 왕자의 모
습과 광장의 높은 기둥 위에서 이웃을 위해 눈물을 흘리는 행복한
왕자의 모습을 떠올려 보세요. 왕자가 어느 때 더욱 진정한 행복을
깨달을 수 있을지 생각해 보세요.

● 엄마와 함께 <행복한 왕자>를 읽고 한 편의 짧은 만화로 만들어 보세요.

● 행복한 왕자를 위해 이집트로 가지 못하고 추운 날씨에 얼어 죽은 작은 제비를 위해 묘비명을 만들어 주세요. 이름과 업적, 본받을 점을 함께 적어 보세요.

<내가 만든 묘비명>

<엄마가 만든 묘비명>

● <행복한 왕자>를 재미있게 읽었나요? 오래오래 기억에 남을 수 있도록 독서 기록장을 정리해 보세요.

책 제목

지은이

읽은 날짜   년   월   일 ~   년   월   일

등장인물

줄거리

느낀 점

〈행복한 왕자〉를 읽고

행복한 왕자가 있었다. 그의 몸은 순금이었고, 온갖 보석들로 장식되어 있어서 정말 화려하고 아름다웠다. 어느 날 작은 제비가 날아와 자려고 하는데 행복한 왕자가 심부름을 시켰다. 그래서 제비는 아파서 약도 못 사 먹는 아이의 집에 칼자루에 박힌 루비를 갖다 주었다. 내가 만약 루비를 받은 아이였다면 생명의 은인인 제비에게 무척 고마워했을 것이다.

그다음 날에도 행복한 왕자는 가난한 사람들을 위해 눈에 박힌 보석을 빼서 나누어 주었다. 보석을 빼면 눈이 안 보일 텐데도 빼서 준 것을 보면 왕자는 자신의 몸을 아끼지 않고 남을 배려할 줄 아는 마음씨를 가졌다고 생각한다. 동상도 베풀 줄 아는데 움직일 수 있는 사람이 베풀 줄 모르면 동상만도 못한 사람이라는 생각이 들었다.

얼마 전 텔레비전에서 난방도 안 되고, 불이 안 들어오는 쪽방에서 힘들게 사는 독거 노인들을 보았다. 사람들이 불우이웃을 돕는 성금을 내는 것도 보았다. 나도 커서 꼭 불우이웃 돕기 성금을 내고 싶다. 조그마한 것이라도 베풀 줄 알면 사람들의 마음이 따뜻해질 수 있다.

왕자의 마음에 큰 감동을 받았고 우리나라에도 왕자처럼 잘 베푸는 사람이 많았으면 좋겠다. 나도 앞으로 사람들을 많이 도우며 살아야겠다. 남을 위해 열심히 봉사하는 사람이 되고 싶다.

서울 원촌초등학교 김지한